歌集
歴歳集 二

酒井次男

砂子屋書房

*目次

平成二十三年（二〇一一年）

平成二十五年（二〇一三年）

平成二十八年（二〇一六年）

装本・倉本　修

第八歌集

歴歳集二

平成二十三年（二〇一一年）

一月作

葱（十日）

九日の昨日の昼に或るスーパーの野菜売り場が内部にて葱の値段を確かめつれば、昨年の十二月の中旬に北茨城市の己《おの》が兄の家に行き、物置の廂の下の作業場が内部にて葱の出荷作業を手伝ひきとこれを思ひ出《い》でて

霜柱立つ畑より採りしてふ葱の葉切れば液滴《したた》りし

冬の日の夕闇兄の作業場に迫れ箱詰めの葱寒々と

葱の売値いとも安けれ風の音《と》の遠き故郷の兄は如何にや

岩波書店刊の『萬葉集巻十四』が内部には次の歌あり。

風の音《と》の遠き吾妹《わぎも》が着せし衣《きぬ》手本《たもと》のくだり紕《まよ》ひ来にけり（三四五三）

娘の誕生日に（十二日）

今朝岩波書店の『古事記上巻』が内部の〈足名椎《あしなづち》手名椎《てなづち》のこと〉を思ひ出でて

足名椎《あしなづち》手名椎《てなづち》比賣《ひめ》を名のごとく足撫《な》で手撫でつつ育てけむ

四月作

三月十一日

一

突然に視界激しく横に揺れ自転車諸共薙ぎ倒されぬ

激しくも揺れゐる路に家々の棟瓦《ぐしがはら》崩れ落つるを見てゐし

我が家も棟瓦崩れソーラーのタンク傾き石塀崩れゐつ

家にゐたる妻は言ひつるキッチンの冷蔵庫我が方へ迫りて来しと

食器棚片付けしつつ妻言ひつ伏せ置きし茶碗今立ちゐると

ラヂオより叫ぶ声にて妻と我大震災の発生知りつ

停電と断水の夜に福島の原発如何にと丸寝《まろね》しにけり

二

朝食はパン二枚づつソーラーのタンクに残る水をぞ飲みし

スーパーの周囲に人の長き列上空をヘリ次々と北へ

バケツの柄《え》ロープを結び隣人の古き井戸より水を汲みたり

十二日の朝、『毎日新聞』の第一面を見れば

新聞の写真漂ふ家々と漁船塵芥火を噴く家々

『毎日新聞』には十一日午後四時頃仙台空港周辺の写真なりと在りき。

新聞の小さき見出し〈福島の原子炉冷却不能〉のみえし

三

携帯《ケータイ》を発信すればその度に圏外携帯の電力尽きぬ

コンビニの公衆電話に並びつつ携帯の無能罵る聞きつ

リュック負《お》ふ母は二人の子を連れて二人子歩けず泣きて立ちゐつ

電気復旧したる朝《あした》の新聞に被爆者数と被爆の解説（十四日）

原発の燃料溶解この国の日常生活切り裂きにけり

ヘリの吊るバケツによりて原発に水落とすシーン非常時忘れし（十七日）

十七日午前九時五十分頃に開始されたる自衛隊ヘリコプター二機による福島原発第三号機への放水はテレビにて中継されつ。

水道の復旧したる日の夜のスーパームーンゆゆしと思ひし（十九日）

村立図書館は増築の工事中なれば、三月十一日（金）の午前十時より村内の或る施設の学習室にて己は『萬葉集釋注』を『ノート』に書写し、持参の昼食を取り、午後もそれを続行し、午後二時三十分頃に『萬葉集釋注』と『ノート』と筆記用具等をリュックに入れ、自転車にて己等《おのれら》が家へと向かひてゐきとこれを思ひ出でつ。

三月十日に己が妻は、通常の如く、一週間分の食料を購入せり。その日に己は、偶然、己が車と己が妻の車にガソリンを満たしき。

五月作

畑のインゲン（十日）

己等が家の裏つ方の庭が内部の小さき畑の辺にて

朝日へと二葉《ふたば》をひらくインゲンはパネルをひらく人工衛星

ゆふされば畑のインゲン己が身を守るごとくに二葉傾く

地縛り（十一日）

今朝裏庭が内部にて草を取りて

地《ち》を縛る草の地縛り細茎を這《は》はせ黄の花咲かせ連並《つらな》む

地縛りを引けばたやすく茎は折れその細き根を土に残すも

六月作

竹取物語再読（十八日）

今月の十七日の午前中に己等が家の内部の書斎が内部にて岩波書店の『竹取物語』が内部を再読して今月の十八日の夜に

〈かぐや姫変化《へんげ》の人〉と設定し書く方法は今も新し

竹取を書くは必死と知ればこそ名を秘し作者これを書きけめ

変化とは知らず男ら婚《よば》ひする〈降《ふ》り凍《こほ》り照りはたたく日にも〉

〈世の高貴なる人なりとも心ざし知らであひがたし〉なよたけは言ふ

龍の頸《くび》の玉を得ざれば大納言姫を〈盗人の奴《やつ》が〉とぞ言ふ

世の中の男貴賤にかかはらず美女にまどふを諷刺するかも

〈大空より雲に乗りて下《お》り来て〉これは仏画によれる表現

〈格子《かうし》どもも人はなくして開《あ》きぬ〉には仏画にも無き想像力を

姫去りて後の翁《おきな》と御門《みかど》描きそれにて諷刺ゆ抒情に転換

七月作

古代芸術と祭式再読

若き日の星野先生はJ・E・ハリソンが英文の著の『古代芸術と祭式』が内部を幾度も読み給ひ、『詩と神話』が内部の『内容』以下の数多の詩論集が内部の『内容』等が各各《それぞれ》を作り給ひたることを偲び奉り、七月一日より七月三日の間茨城大学が内部の図書館に通ひ、それが内部にてメモを取りつつ筑摩書房のJ・E・ハリソン著・佐々木　理訳の『古代芸術と祭式』が内部を再読して

第一章　芸術と祭式

芸術の底には強き感動を吐露せむとする意欲在りとぞ

無言所作踊りに芸術と祭式の出発点を見いだすなりとぞ

第二章　原始祭式　無言所作踊り

知覚することと反作用の間隙に全ての心象生ずと説くも

戦ひの記念踊りは戦ひの前に踊られつつ祭式へ

第三章　季節祭式　春祭り

未開人季節に価値を見出すは己が食料にかかはればなり

周期祭に踊る人らの先導《リーダー》は記憶されつつ神霊《ダイモーン》となる

第四章　ギリシアの春祭り　ディーテュラムボス

春祭り行列は行く先頭の牡牛《をうし》の角《つの》に花等を飾り

悲しみとともに牡牛は屠《ほふ》られて食する人等の喜びに終る

第五章　祭式より芸術への移行　ドローメノンとドラーマ

民族の移動の時代土地に根を持たざれ英雄の時代となれり

アテナイの古き器の春祭りホメロスの詩をそそぎて劇に

第六章　ギリシア彫刻　パナテーナイア彫刻帯とアポルロー・ベルヴェデーレ

祭事より神々は出《い》でゆっくりとそれより離れ命得たりと

祭事より空に飛翔せむとするポーズアポルロー・ベルヴェデーレは

第七章　祭式と芸術と人生

賞讃と栄誉にではなく芸術家真の喜びと創造に生きよ

三十歳以前に作る叙情詩は擬態詩に過ぎざるとし説くも

昭和四十九年六月に思潮社の星野徹先生の著書『詩の発生』が内部にてJ・E・ハリソンには英文による著『古代芸術と祭式』の在りとこれを知り、J・E・ハリソン（一八五〇〜一九二八年）はイギリスの古典学者なりつとこれを知りき。

デイーテュラムボスとはギリシャ語にて、これは英語にてはdithyrambなり。これの通常の意味は古代ギリシャのアテナイの春祭りにて歌はれたるデイオニュソス讃歌なり。J・E・ハリソンはこれの意味を以下の四者とせり。①春祭り　②春歌　③デイオニュソス誕生の歌と踊り　④再誕生

者・舞踏者・生命与者
アポルロー・ベルヴェデーレとはローマのヴァチカン博物館が内部に存在するアポルローンの彫像なり。

八月作

風草（十一日）

連日の猛暑にて己等が家の前つ方の庭が内部の土に草の生《お》ふることと伸ぶることは止まず。日盛りに己等が家の前庭が内部にて草を取りて

日盛りの庭に風草取りたれば根の張り広くかつ深きかも

九月作

距離感（十五日）

新しく成れる直線舗装路を歩めば距離感無しとおぼえし

方丈記再読（二十一日）

今月の二十日の午前中に己等が家の内部の書斎が内部にて
岩波書店の『方丈記』が内部を再読して今月の二十一日夜に

方丈記元暦二年大地震《おほなゐ》に〈海は傾き陸地《ろくぢ》ひたせり〉

〈土裂けて水涌《わ》き出《い》で〉のみゆる故液状化せるを見つと知るかも

大地震の後の都に長明は日野へと続く道をぞみたる

それの時より後の時に岩波文庫の『漱石・子規往復書簡集』が内部によりて明治二十四年
十二月（東大英文科二年生の二十四歳）にＪ・Ｍディクソン教授の依頼により漱石は『方
丈記』が内部の『内容』を英訳せりとこれを知りて

方丈記〈世に従へば〉草枕〈智に働けば〉響きあふかも

方丈記〈三十《みそぢ》あまりに〉草枕〈三十の今日《こんにち》〉響きあふかも

十二月作

紫式部日記再読（三十日）

今月の三十日の午前中に己等が家の内部の書斎が内部にて岩波書店の『紫式部日記』が内部を再読して今月の三十日の夜に

〈女郎花《をみなへし》おほかる野辺に〉と誦《ずん》じ立つ人を〈物語にほめたるをとこ〉
加持《かぢ》祈禱《きたう》する声うちまき降る母屋《もや》に男の皇子は生まれ給ふも
〈世の中の光のいでおはしましたる〉と随身《ずいじん》等《ら》にし言はしめゐるも
駕《か》輿丁《よちやう》の階《はし》よりのぼりふせる見て〈かのみじめさは我のことなり〉
五十日《いか》の夜に道長酔ひておそろしく〈いかにいかが〉と式部は聞こゆ

平成二十四年（二〇一二年）

一月　作

仙覚抄巻第十

かねて臨川書店の編者・京都大学文学部国語学国文学研究室・代表・佐竹昭広の仁和寺蔵『万葉集註釋巻第十』即ち『仙覚抄巻第十』が内部を一読せむと思ひ、一月二十一日に茨城県立図書館が内部にて己は千葉県立図書館の所蔵せる仁和寺蔵《万葉集註釋》即ち《仙覚抄》を借りて

巻二十防人歌に註加へ突如仙覚回想に入る

〈十三の年の発願《ほつぐわん》〉これあれば十三の年に出家したるも

〈願はくは大和言葉の源を悟らしめよ〉と記しるるかも

東歌《あづまうた》と防人歌《さきもりうた》を解き得たれ〈心コトハヲオトシスヱタル〉

万葉の二十巻本今在るは文永三年本あればなるかも

仙覚抄竹柏園本奥書《ちくはくゑんぽんおくがき》に〈武蔵国比企《むさしのくにのひき》〉の在るかも

比企の乱にて滅びたる一族とかかはりあれば奥書に『比企』

〈十三の年の発願〉記せれど父母のこと記さざりつも

十三の年の出家はこれの世に残る唯一《ゆいつ》の術《すべ》にてありけむ

東国の武士の子として生《む》まれたれ防人歌に意を尽しけむ

東路《あづまぢ》の常陸に生まれたる君がこの書を常陸に我読むうれしさ

『仙覚抄巻十』が内部の防人歌の註釈の途中にて仙覚の記したる事のみが仙覚の生涯を知る事なりとこれを已は知る。十三歳にて《万葉集》が内部の歌の研究に志し、六十四歳にて《文永三年本万葉集》が内部の《内容》を完成せりとこれを知り、文永六年（一二六九年）六十七歳にて《万葉集註釋》

が内部の《内容》を完成させせりとこれを知り、《万葉集註釋》は《仙覚抄》と呼ばれつとこれを知る。

建仁三年（一二〇三年）に比企能員《よしかず》の乱は起こり、この乱によりて北条氏は比企一族を滅亡させ、この乱の後に実朝は将軍となり、北条時政は執権となれりとこれを知る。

『仙覚抄巻十』が内部には〈東路の道の果てに〉とあれば、常陸の国が内部にて仙覚は生れたりとこれを知る。

二月作

土佐日記再読（二十日）
午前中書斎が内部にて岩波書店の『土佐日記』を再読して夜に

貫之は己が自由を得むとして女の仮面付け記しゐる
いくたびも〈帰らぬ人〉を詠みたれば〈歌は心〉の歌境なりけむ
大湊見送る人と船の人かたみに描写その後に歌
船君の詠み加へたる理屈歌〈淡路の歌に劣る〉と評すも

〈歌詠むは思ふに堪へぬ時のわざ〉家持がことよく学びたり

角川ソフィア文庫の『土佐日記』が内部の承平五年二月九日の事の末尾には次の二つの句等の在りとこれを己は知る。

かやうのことも歌も、好むことであるにもあらざるべし。唐土《もろこし》もここも、思ふことに堪へぬ時のわざとか。

岩波書店の『萬葉集巻第十九』が内部の巻末には家持による次の二つの句等の在りとこれを己は知る。

悽惆《せいちう》の意《こころ》、歌にあらずは撥ひ難し。よりて此の歌を作り、式《も》ちて締緒を展《の》ぶ。

更級日記再読（二十三日）

午前中書斎が内部にて岩波書店の『更級日記』を再読して

歌ひ終へ遊女ら夜の山に入る泣きて見送る人等を描写

道の果て常陸の国に浮舟は生《お》ひなれる知り我もと少女

介《すけ》となり父常陸へと下るとき娘《こ》の顔みつめ泣きつつ発《た》つも

〈国のうち水をかしくも流れたるをかしき所見せで〉と父は

〈常陸野の子忍びの森見しわれは身によそへられ〉と父は文にぞ

今は〈昔のよしなし心くやしかりけり〉と霜月石山に参る

岩波書店の『源氏物語・宿木』が内部によれば、浮舟の父は八の宮にて母は中将の君なり。浮舟を生みたる後に中将の君は常陸介の妻となり浮舟を連れて夫と共に常陸へ下れり。

『子忍びの森』は一説によれば、現在の茨城県笠間市岩間町が内部の『押辺の森』なり。これは涸沼川に近き所なり。他の説によれば、森が名を孝標の聞き違へたることまたは森が名を孝標の故意に改めたることによるとされをり。

崩岸の上に（二十四日）

今朝崩岸のある散歩の道を歩みて

崩岸の上に立つ楢《なら》の木は根方よりつらら幾筋も垂らしてぞ立つ

崩岸の上に立つ楢の木の枝々をしき鳴き移る目白のみどり

歌の来るとき（二十九日）

今朝散歩の途中の道にて

今日何を詠まむと思ひ悩まずて心より歌来るときを待て

三月作

角度（二十七日）

今日の夕べに己等が家の内部の居間が内部にて前庭が内部に立つ高さ三尺程の紅梅の木を見て

庭に立つ紅梅の花よく見ゆる角度を知れば幾度も見し

芝生の羊色（三十一日）

今日の昼の時に己等が家の裏庭が内部にて

冬枯れの庭の芝生の羊色みどりに動き出せとぞまもりし

四月作

己が弟に

十六日の午前二時半に弟幸（みゆき）永眠。享年六十二歳。

君長く病みてゐたれど君父に良く似る面輪に逝き給ひつる

はつなつの庭に弟君乾《ほ》せるラグビージャージまぶしかりしを

ギター弾き歌ふ喜び我に教へ夏の夜ふくるまで歌ひゐつ

ビートルズ愛を歌ふと我に説き夜を明かしたる今も忘れず

東京の階段多きアパートの新聞配達続けて学びつ

組合と反組合に分かれをれば苦しと君は手紙に書きつ

或る年の国民体育大会に己が弟は或る高校のラグビーチームのフルバックの選手として出場せり。

五月作

背後（六日）

昨日昼の時に己が兄の田の辺にて

植《う》え継《つ》ぎをしつつ背後を振り返りそこに弟見えぬ悲しさ

ツルナシインゲン（十日）

今日朝と夕べに己等が家の裏庭が内部の小さき畑の辺《へ》にて

コンテナの土を押し上げはつかにもインゲン首をもたげゐる見ゆ

コンテナに発芽して立つインゲンの汝も地上の時の旅人

朝庭にコンテナインゲンハート形二葉《ふたば》をかかげ今日の旅立ち

夕べにはインゲン等《ら》皆ハート形二葉を垂れて眠りに就くも

七月作

額紫陽花（一日）

今朝散歩の途中の道にて土に立つ栗の木の下に咲く額紫陽花を見て

木《こ》の暗《くれ》に日の差したれば額紫陽花青く耀く球状星団

青く咲く額紫陽花に装飾花並びて廻る惑星の如

日盛りの花（二十六日）

今日の昼に散歩の途中の道にて

石塀に花を連ねてなだれ咲く日盛りの花凌霄花《のうぜんかづら》

八月作

稲葉（五日）

今朝散歩の途中の道にて

触れたれば指を切るがに荒々し茎に穂孕《ほばら》みしたる稲葉は

蜘蛛の網（七日）

今日は立秋なり。今日の昼の時に己等が家の前庭が内部にて

秋立つ日庭木々の間《あひ》風にゆれ蜘蛛の網光る円盤に見ゆ

蜘蛛の網を横より見れば蜘蛛の網のたはみくぼめる所に蜘蛛は

蜘蛛の網を見つつ庭木を過《よぎ》るとき銀河を縦《たて》に見る心地する

百日紅（八日）

今日の昼に己等が家の前庭が内部にて

激しくも雨土を打ち晴れたれば百日紅の色新たなり

大角豆（十日）

今日の昼に散歩の途中の道にて

遠目にはうす紫の蝶あまたゐるとぞ見ゆる大角豆の畑に

名の如くその頂きゆ長き角《つの》二三垂らして大角豆は立つも

自安我楽（十五日）

昨日の夕つ方に北茨城市が内部の郷里関本の或る人が家の庭が内部にて
数多の人等と共に伝統芸能自安我楽《じやんがら》念仏踊りを見て

男らは頭《づ》を垂れ羯鼓《かつこ》打ち鳴らし土に草履《ざうり》を摺《す》りつつ踊る

農民の貧しさ唄に伝ふかも〈盆《ぼん》てば米の飯《めし》御付《おつ》けは茄子汁《なすじる》〉

自安我楽念仏踊りは新盆の家々を巡りその前庭が内部にて踊る念仏踊りなり。笛四人、羯鼓四人、鉦《かね》六人、世話役数人の構成にて白地の浴衣を着て白足袋草履履きなり。笛、羯鼓、鉦にて踊る念仏踊りと唄のみに合はせて踊る念仏踊りあり。

九月作

イネ科の花（二十六日）

今朝の散歩の途中の道にて

この朝に出《い》でたる尾花ほの赤く〈穂に出づる恋〉うべもうべなり

花薄かぼそき花糸《くわし》等垂れみゆれイネ科の花は涙ぐましも

十月作

障子（一日）

今日は晴天なれば、己等が家の内部にて障子張りをして

障子紙張りかへたれば夕暮れといへど障子は眩しくみゆる

新米

夕方に己が兄より己等が家に紙袋のそれはそれが内部には新米のそれは玄米の在る紙袋の届きたれば

届きたる新米袋寝る前に厨《くりや》にあけてその光見し

つやの無き黒（二十日）

今日の昼に散歩の途中の道にて

畑にまだ茄子残りゐて茄子の実のつやの無き黒冬は迫りぬ

十一月作

我黒土に（八日）

今日の夕暮れの時に散歩の途中の道にて

沈む陽を背向《そが》ひに畑の道を行き我黒土に臓《ざう》せらるるがに

十二月作

白鳥等（三日）

今朝の散歩の途中の阿漕《あこぎ》が浦といふ沼の辺の道にて飛来せる四羽の白鳥を見て

白鳥等着水すれば白鳥等浮く朝沼は明るくみゆる

白鳥のめぐりに漁《あさ》る大鷭《おほばん》も真鴨もうれし顔に見ゆるも

己等が男の子（八日）

己等が男の子はダウン症の男の子なり。三十一歳なり。
今日夜の八時頃に己等が家の内部の書斎が内部にて

作業所ゆ歩みて帰り待つ母と厨にかならず抱き合ふ子なり

母の作る夕食メニュー我に告げ食卓に好き嫌ひ言はざる子なり

ビーズ通しをして絵手紙の絵を描きて作業所に行くを楽しむ子なり

作業所の音楽会に小太鼓を打ちてリズムを楽しむ子なり

己が子は寂し悲しと言はずしてそを障害の故と思はず

蒲の穂（二十九日）

今日の昼に冬枯れの放棄田の辺の道にて

放棄田に並び立ちゐる蒲の穂に空《から》っ風ざっと綿をむしるも

大国主《おほくにぬし》兎を癒す場のモデル師走水門《みなと》の岸辺なりけむ

岩波書店の『古事記上巻』が内部には次の物在りとこれを己は知る。

是《こ》に気多《けた》の前《さき》に到りし時、裸《あかはだか》の兎伏せりき。―中略―是に大穴牟遅神《おほなむぢの》、其の兎に教へ告りたまひしく、「今急《すみや》かに此の水門《みなと》に往き、水を以ちて汝《な》が身を身を洗ひて、即ち其の水門の蒲黄《がまのはな》を取りて、敷き散らして、其の上に展転《こいまろ》べば、汝が身本《もと》の膚《はだ》の如、必ず差《い》えむ。」とのりたまひき。―後略。

平成二十五年（二〇一三年）

一月作

背番号15（四日）

今日の昼に己等が家の内部の居間が内部にてテレビの全国高校ラグビー大会決勝戦を見聞きすれば、生前の己が弟のことを思ひいでて

背番号15になれりと言ひたるに君が重責我知らざりし

デイヘンスの最後の独りフルバックタックルすれば君が面影

ラグビーに打ち込む君に書を読めと言ひし我なり許し給はね

ま冬こそ（七日）

今朝散歩の途中の道にて

道の辺の地表小さく爆裂したるが如くに霜柱反《そ》る

冬枯れの土手に酸葉《すかんぽ》霜焼けに赤くなりつつ耐えてゐるかも

朝な朝な土凍りつくま冬こそ生くるものみな試練の時なれ

埴輪の土（十八日）

今朝散歩の途中の道にて

黙々と農夫は畑に凍《い》てつける緋の人参を抜きやまざりつ

農夫掘る畑の凍《こほ》れる黒土の下に凍らぬ赤土みえし

黒土の下の凍らぬ赤土は埴輪の土と思ひつつ見し

二月作

春の大曲線（九日）

今日の夜明け前の時に己等が家の裏庭が内部にて春の大曲線を見て

柄杓星《ひしやくぼし》地上に水をそそぐがに見えゆるやかに大曲線は

大曲線スピカゆっくり消えゆけば曙の空朱《あけ》に染まるも

北斗七星の柄より牛飼い座のアルクトウールスと乙女座のスピカに到る曲線は春の大曲線なり。

小説『土』の作者（十日）

今日の朝の時に己等が家の内部の書斎が内部にて岩波書店の『漱石全集第十一巻』が内部の『土』に就ての散文を読みて

「土」の中に登場するは〈蛆虫の如き憐れな百姓〉なりとぞ

〈『土』に就いて〉これは誠の心無き人間観のゆがみ写すも

漱石が暗き性格老いぬれば辟易すれば近づき難し

『土』の作者君が誠は万葉の歌の誠に直結するかも

漱石が見識よりも『土』の作者君が誠の心尊し

『漱石全集第十一巻』が内部の『土』に就ての散文が内部には次の物のあり。

「土」の中に出て来る人物は、最も貧しい百姓である。教育もなければ品格もなければ、ただ土の上に生み付けられて、土と共に成長した蛆同様に憐れな百姓の生活である。先祖以来茨城の結城郡に居を移した地方の豪族として、多数の小作人を使用する長塚君は、彼等の獣類に近き、恐るべく困憊を極めた生活状態を、一から十迄誠実に此「土」の中に収め盡したのである。彼等の下卑で浅薄で、迷信が強くて、無邪気で、狡猾で、無欲で、強欲で、殆んど余等（今の文壇の作家を悉く含む）の想像にさへ上りがたい所を、ありありと目に映るやうに描写したのが「土」である。さうして「土」は長塚君以外に何人も手を著けられ得ない、苦しい百姓生活の、最も獣類に接近した部分を、精細に直叙したものであるから、誰も及ばないと云ふのである。

大正四年（一九一五年）二月八日に長塚　節は逝去。今年は長塚　節没後百年の年なり。

芹の根（二十一日）

今日の昼の時に己が兄の田が内部にて己が兄と共に暗渠《あんきょ》設置の作業をして

放棄田に隣《とな》るぬかり田暗渠据ゑ老いても兄は稲にこだはる

スコップに掘りて上ぐれば田の土に混じる芹の根ほのかに薫りし

三月作

チューリップ（二十五日）

今朝散歩の途中他者が家の前庭が外部の道にて

チューリップ葉の二三枚莟《つぼみ》巻き並ぶは壇の雛の如しも

葦牙（二十六日）

今朝散歩の途中放棄田の辺の道にて

放棄田に数多の萌ゆる葦牙等国始めへと戻りゆくらし

岩波書店の『古事記上巻』が内部には次の物あり。

次に国稚《わか》く浮きし脂《あぶら》の如くして、久羅下那州多陀用幣流時《くらげなすただよへるとき》、葦牙の如く萌《も》え騰《あが》る物に因りて成れる神の名は、宇摩志阿斯訶備比古遅《うましあしかびこぢの》神。

四月作

山桜（七日）

村内の或る雑木林の辺の道にて山桜の木を見て

山桜葉と花の暈ばらんすのよければ人に詠み継がれけむ

問ふがにも（十九日）

今朝散歩の途中の道にて

春紫苑《はるじをん》姫女苑《ひめぢよをん》等は笑《え》む顔を見分けうるやと問ふがにも見ゆ

萌黄に更へて（二十三日）

今朝己等が家の前庭が内部にて

庭躑躅《つつじ》古き衣を新《あら》たしき萌黄に更へて紫の花

鳶尾（二十五日）

今朝散歩の途中他者が家の前庭が外部の道にて庭が内部の土に立つ鳶尾を見て、子規の次の歌を思ひ出でて

いちはつの花咲きいでて我目《わがめ》には今年ばかりの春ゆかむとす

（明治三十四年）

＊

いちはつの命の強さ幅廣の葉等をしみれば子規が悲しみ

六月作

石榴朱の花（十七日）

雨の日の今日昼に散歩の途中他者が家の裏庭が外部の道にて

ぬかり道なづみつつ来しを忘れ見つ雨に濡れ咲く石榴朱の花

南瓜の花底（三十日）

今日の昼に散歩の途中の畑の辺の道にて

梅雨晴れに笑ふ南瓜の花底に蜂とし入れば目のくらむかも

七月作

インゲンと茄子（五日）

今朝己等が家の裏庭が内部の菜園の辺にて茄子の実とインゲンの莢を採りて

俎板が上のインゲン紫の茄子照りあへば切るためらひし

八月作

ひぐらし（七日）

今日は立秋なり。今日の夕暮れに己等が家の裏庭に接する
雑木林が中に鳴くひぐらしの声を厨が内部にて聞きて

夕暮れに一斉に鳴くひぐらしに遅れてひとつなく声聞きし

雄蟬《をす》の腹部はうつろ共鳴室雄蟬完《まった》き楽器なりとぞ

撫子（十日）

東京へ出向して二年目の己等が娘に今朝

炎熱の首都に勤むる娘への残暑見舞に撫子切手

身は透くがにも（十六日）

三月十一日以後マスコミに食の事のみの賑はへるはうべなりとこれを思へども

冷や奴茹《ゆ》で茄子胡瓜冷やし麺夕餉に食へば身は透くがにも

脱皮の時期（二十五日）

今日の昼に己等が家の前庭が内部にて

開花期は脱皮の時期と百日紅《さるすべり》花咲かせつつ樹皮を垂らすも

九月作

鮠の子等（二十七日）

今日昼に散歩の途中小川の辺の道にて

川の水澄めば群なす鮠の子等水底己が影とさ走る

十月作

校正（七日）

今日九時に己等が家の内部の書斎が内部にて茨城歌人評論等の校正を終へて

校正の要点先入観持たず読み辞書を引き筆者に問ふこと

今年の五月より茨城歌人会常任委員となり、それによりて評論等の校正係りとなりき。

記憶する空の青さ（十一日）

今朝散歩の途中の道にて

南へと帰る日ならむ燕等は鳴きつつ電線に整然と並《な》む

秋空を飛ぶ燕等よ記憶する空の青さに春帰り来よ

特別展はにわの世界

十四日に水戸の県立歴史館が内部にて特別展はにわの世界を見て

鍔《つば》広の帽子の男頬赤く角髪《みづら》首飾り腰広き帯

この帽子王の帽子と見ゆれどもこは以後の世に見ぬ形なり

前立てを持つ冠の王の服赤き三角文今も映ゆるも

頬の赤も三角文も死後の霊守らむとする呪術なりとぞ

革袋捧げ持つ女子《めこ》髷《まげ》に櫛首飾り耳飾り手首には玉

この髷は頭《づ》のいただきの平板状こも以後の世に見ぬ形なり

何処《いづく》より我等が祖等《おやら》列島に来たる帽子の王に問ふかも

鍔広の帽子は陽ざし強き国南の国ゆ祖等《おやら》は来けむ

祭具捧ぐ女子は衣服ゆ乳房透け裳《も》を着け座り腰ひねりをり

ひざまづく人は太刀佩《は》き顔上げて何かを見つめ語るがにみゆ

馬に馬具ありて男等挂甲《けいかふ》をまとへば大陸文化の証《あかし》

白鳥の埴輪の細く長き首白く塗られて空を見上ぐも

円筒の埴輪の上部線刻の鹿等は今も野を走る如

埴輪等の色彩失せて照明にまさにロームの色にみゆるも

茨城県立歴史館編集・発行の『はにわの世界』が内部によれば、古墳時代中期後半（五世紀後半）の前方後円墳築造の拡大の時期に埴輪の制作は盛りの時期になれり。挂甲とは鉄の小札をつづりあはせたる胴の甲《よろひ》なり。数多の埴輪等が中の次の七者等が各各《それぞれ》を良く見つ。

①椅子に座る男子（群馬県太田市塚廻《つかまわり》り三号墳出土）
②三角文の男子（茨城県東海村舟塚一号墳出土）
③革袋を捧げ持つ女子（群馬県高崎市観音山古墳出土）
④祭具を捧げる女子（群馬県高崎市観音山古墳出土）
⑤跪く男子（茨城県櫻川市出土）

⑥水鳥（茨城県水戸市杉崎八十六号墳出土）
⑦鹿（栃木県宇都宮市塚山古墳群出土）

十一月作

酸味なき果実（十四日）

今日の昼に己等が家の裏庭が内部にて三十個程の富有柿の実を取りて

酸味なき果実柿のみにてあらむ妻と語らひ柿を食ひけり

柚子の実（十五日）

今日の昼に隣人より己が妻は柚子の実を頂きて

柚子の実を手に乗せ見れば柚子の実ゆ冬の我等をはげます声の

煮詰めつつ妻柚子ジャムの香と色と特に苦味と言ふ声聞きし

十二月作

冬のつとめて（二十四日）

今朝の七時頃に己等が家の内部の書斎が内部にて今朝はいと寒き朝なりとこれを己は知れば

かの人は〈冬はつとめてをかし〉とぞ書を読む冬のつとめて聖《きよ》し

平成二十六年（二〇一四年）

一月作

歌の原形（七日）

今朝午前十時に村立の図書館が内部の学習室が内部にて今日の日を今年が内部の己が学習開始日とし、それの時より岩波書店の『萬葉集巻第十七』が内部の歌を読みて

歌の原形ある故に歌あるなればこれの省略形は歌なり
歌を読むことが始めはことば等を歌が内部に補足すること
歌の原形内部に三の数以内複文ありとこれを知るかも
歌の原形内ゆことばを省くとき三つ以内の複文は消ゆ

歌の原形内に文法成立し歌が内部に成立せずと

二月作

雪月花（八日）

今日午前六時頃に雪は村内に降り始め、昼頃より雪は激しく降りつれば

雪はものを非日常の黒白《こくびやく》に変ふればいにしへ人は愛《め》でけむ

雪の日に餓《う》ゑてこごゆる人在りと知れども人ら雪を愛でけむ

雪月花非人情なる美は倫理越えてありとぞ人知りゐけむ

岩波書店の『広辞苑』が内部には次の物のあり。

せつ・げつ・か　クワ【雪月花】　雪と月と花。四季おりおりの好いながめ。つきゆきはな。和漢朗詠集「琴詩酒の友皆我を抛つ―の時に最も君を憶《おも》ふ」

かそけき歌（十八日）

今朝散歩の途中の道にて

明白な歌詠みて来てこれこそは歌詠むことと我思ひゐし

心よりかそけき声を聴くことは難けれかそけき歌をも詠まむ

三月作

草木の芽（十五日）

今朝己等が家の前庭が内部にて

草木の芽は人の目と同一といにしへ人等芽《が》をめと訓《よ》みけむ

白木蓮の莟（二十六日）

今朝散歩の途中或る小学校の校門が前の道にて

朝空に白木蓮の莟等は先をそらせてリズミカルに浮く

四月作

薦枕多珂の国（二十日）

己が兄の家の山田の田植え前の畔《くろ》張りの仕事をせむと昨日の朝に己が車にて己は常磐高速道を行き、夕方に己が車にて六号国道を帰り、途中高萩の道の辺のコンビニの駐車場が内部にて

老いて我備中鍬《びつちゆうぐわ》の先使ひ畔土上ぐる術《すべ》得て上げし

畔張れる田の水面等は夕陽浴び輝く細胞《セル》の如くにみえし

日は入りて阿武隈の山黒々と見ゆれ薦枕多珂の国みゆ

岩波書店の《風土記》が内部の『常陸國風土記』が内部の多珂の郡が内部の数多の条《でう》等が各各《それぞれ》につきての散文が内部の冒頭部が内部には次の五つの句等のあり。

多珂の郡　東と南とは、竝に大海、西と北とは陸奥と常陸と二つの國の堺の高山なり。古老のいへらく、斯我《しが》の高穴穂《たかあなほ》の宮に大八洲照臨《おほやしましろ》しめしし天皇のみ世、建御狭日命《たけみさひのみこと》を以ちて多珂の国造《くにのみやつこ》に任《よさ》しき。茲《こ》の人初めて到り、地體《くにがた》を歴驗《めぐりみ》て峯險《みねさか》しく岳崇《やまたか》しと為《な》して、因《よ》りて多珂の國と名

づけき。建御狭日命と謂ふは、即ち是、出雲臣の同屬なり。今、多珂・石城《いはき》と謂へるは是なり。風俗《くにぶり》の説《ことば》に薦枕《こもまくら》多珂の國といふ。

五月作

運鈍根（五日）

今日は立夏。今朝己等が家の裏庭が内部にて草取りをして

仕事為《な》す時すべからく運鈍根急がば廻れと庭草取りし

庭躑躅（九日）

今朝己等が家の前庭が内部にて霧島躑躅の根元に散り敷く赤き霧島躑躅の花を見て

庭躑躅根元の花の盃は昨夜《きぞ》小人等の宴しつれば

常陸国原（十八日）

昨日の朝己が車にて己は己が息子と共に常磐高速道を筑波山に向ひ、帰りには己が車にて石岡より麻生町に入り、大洗町と常澄町を通り、夕暮れの頃に常澄町が内部を走る己が車が内部にて植田の萌黄色を見て

初夏の青空飛ぶが如くにも常磐道を疾駆しにける

初夏の筑波山より見渡せばみどりの常陸国原はみゆ

筑波山きほふ青葉は汗ぬぐふ我等に染《し》むと道を上りし

山頂に見し青空を思ひ出で筑波青葉の道を下りつ

植田には活着したる萌黄色夕暮れにそを見つつ帰りし

六月作

蟻等（二日）

今日の昼の時に己等が家の前庭が内部にて

陽は肌を刺すがにも照るま昼間に穴の辺蟻等動きやめずも

蟻の群黒き流れの如くにも行くや蟻等は歩むに迷はず

梅雨空（十一日）

今朝散歩の途中の道にて

梅雨空に人等影をも行かしめず行くをし見るも憂さの一因

さ緑の首（二十三日）

散歩の途中畑の辺の道にて

南瓜等はさ緑の首もたげつつ海に乗り出す船の舳先《へさき》や

七月作

ねぢれし頭（六日）

今日の夕べに己等が家の裏庭が内部にて

読書してねぢれし頭庭草を取りつつ腰をねぢりて戻しつ

八月作

紫陽花（七日）

今日は立秋なり。今日の昼に散歩の途中の他者が家の前庭が外部の道にて

夏の陽に紫陽花の花曝《さら》されて水色絵の具の如く乾ける

十月作

菱紅葉（五日）

今朝散歩の途中の阿漕《あこぎ》が浦といふ沼の辺の道にて

沼の水透けば岸辺の菱の葉等はや紅葉して水面彩る

墓碑銘（七日夜）

今日の午後一時頃に那珂市が内部の己が父方の祖母の家が内部にて明治三十八年八月に己が父方の縁者の千代太郎氏の建立し給ひつる墓碑の表が面よりの拓本の紙の表が面の範淳氏につきての銘の散文と倉之介氏につきての銘の散文等を読み奉れば、宮田村の農家に辰蔵氏とその弟の留蔵氏等は生まれ、長じて辰蔵氏は僧侶の範淳となり、都に上りて学び、国難に数多の同志等と共に奔走し、留蔵氏は長じて米崎村の農家の兵次兵衛氏が娘婿となり、倉之介と称し、人と為りは慷慨好義にて又俳句を善くし、安政年間に水戸藩より倉之介氏は苗字帯刀を許され、元治甲子の乱（一八六四年）の時に宍戸候に範淳氏と倉之介氏は随ひて那珂の港に在り、幕府軍に範淳氏と倉之介氏は囚はれ、倉之介氏は赦免され給ひつれども、慶応三年（一八六七年）二月八日に江戸が内部の牢が内部にて範淳氏は四十八歳にて病没し給ひつとこれを知り奉りて

元治より百五十年目十月の秋風吹くに墓碑を読みたり

新《あら》たしき世を作らむと〈書を読むを好み耒耜《らいきよ》を事《こと》とせず〉とぞ

安政の国事多難に同志等と共に奔走活躍したり

逝きたるは慶応三年新たしき世をば見ずしてこの人逝きつ

国憂ひかく生きたりと縁者等に告げつつ墓碑は立ちて来にけり

大修館書店の『大漢和辞典　巻九』が内部によれば、次の如くになる。

耒（ライ・ルイ）一　木を曲げた手持ちのすき。二　すき。

熟語としての耒耜（ライキョ）は無し。耒耜（ライシ）すき。耜はすきの刃。耒は耜の柄。

耟（キョ・ゴ）すきのは。

範淳氏につきての銘の散文の作者は長久保氏なり。倉之介氏につきての銘の散文の作者は池田氏なり。

十一月作

書を読むは（十八日）

今朝散歩の途中の道にて

書を読むは著者の心を想ひつつ私情を捨てて行く旅なりけり

公孫樹（二十三日）

今日昼に村内の願船寺の境内が内部にて黄葉せる公孫樹の大樹を見上げて

樹は数多はあれど末広型の葉の平行脈は公孫樹のみなり

二億五千万年前に起源持つ公孫樹一斉に葉を散らすかも

複数の種のありつれど今の世に公孫樹一目一属一種

保育社の『原色日本植物・木本編Ⅱ』が内部よれば、公孫樹は約二億五千万年前に起源を持つとこれを己は知りき。

万葉の（二十七日）

今日昼の時に村内の雑木林の辺の道にて櫟《くぬぎ》の木と楢《なら》の木等が各各《それぞれ》の表の面の数多の細き木の枝等が各各の黄葉《もみ》つる数多の葉等を見て、

万葉に木の葉黄葉つの歌在れば紅き葉よりも黄の葉めでつる

万葉の人等は秋の櫟楢黄葉つる明るき山をめでたり

十二月作

友は（九日）

昨日の午後二時より北茨城市が内部の南中郷駅に近き居酒屋が内部にて高校以来の己が畏《ゐ》友の鈴木胖氏と酒を飲みつつ氏と歓談をして

歌の成る喜びを知る君なれば堪へざらむこと無けむと友は

無名なることを嘆かず無名なることの自由を君は尊べ

西行の歌に（十七日）

今朝己等が家の内部の書斎が内部にて次の二つの歌等と句を思ひ出でて

寂しさに堪へたる人のまたもあれな庵並べむ冬の山里（西行）

うき我をさびしがらせよかんこどり（芭蕉）

幾山川越えさり行かば寂しさの終《は》てなむ国ぞ今日も旅ゆく（若山牧水）

＊

寂しさに堪へたる人の西行は寂しさ深め歌深めたり

西行を慕ふ理由は芭蕉の句〈さびしがらせよ〉にてぞありつる

寂しさに堪ふるを得ずて近代の人〈寂しさの終てなむ国へ〉ぞ
寂しさは命に向かふもの得よと人に告げくるものにぞありける

平成二十七年（二〇一五年）

一月作

初詣（二日）

昨日の朝七時頃に村内の阿漕が浦といふ沼の辺の道を歩み、己等が家より四キロ程東つ方の村松山日高寺へ行き、村松山日高寺への初詣をして

道にそふ正木《まさき》生け垣葉群には赤き実弾け朱なる種見ゆ

朝の日に沼の耀く水面見えそこゆ鴨等の声はひびき来

去年《こぞ》の暮れ病みたる母に会ひしこと母ある今日の朝日うれしも

二月作

春の胎動（十六日）

昨夜八時頃に己等が家の内部の寝室が内部の床が中にて春の嵐の音を聞き、今朝書斎が内部にて

轟々と夜の屋内《やぬち》に聞こえくる嵐激しき春の胎動

泥濘（二十四日）

今朝己等が家の前庭が内部にて

春よ春今も昔も門の辺の泥濘通り庭に来るかも

食感（二十六日）

今日の午後一時頃に己等が家の内部の厨が内部にて遅き昼食を取りつつラヂオを聞きて

ラヂオより食感語る声続くこは震災後何時の時より

戦中に生まれ生き来て食感にこだはり語る声聞かざりし

今の世に食以外には慰むる無しをし告ぐる番組なるかも

食感にこだはる人は今生くる心の底を示す人なり

食感にかくもこだはる人あるは時代変はれる証《あかし》なるかも

三月作

満作の花（七日）

今日の昼の時に那珂市内の公園が内部にて息子と共に満作の花を見て

まんづ咲く喜びならむ満作は黄の紐状を乱し咲く見ゆ

満作の語源は春に東北地方にて他に先駆けて咲く花なれば〈まづ咲く〉の訛りて〈まんづ咲く〉になり、これの満作になれりと言ふ説あり。また土に立つ満作の木には数多の花等の咲くが故に〈豊年満作の願ひ〉より満作になれりと言ふ説もあり。

頬白のカデンツア（二十九日）

今日昼の時に散歩の途中の田の辺の道にて

榛《はん》の木に鳴く頬白の声聞けば声頬白のカデンツアにきこゆ

四月作

黄の四角形（十二日）

今日昼に散歩の途中団地が内部の道にて

団地には中庭めける畑に黄の菜の花満ちて黄の四角形

常磐道（十五日）

施設に入所せる母の通院を介護するために、今日午前七時半に己等が家の内部より己等が家の外に出《い》で、己が車にて北茨城へ常磐高速道路を疾駆して

杉森が下のトンネル入り走り出口にみえし咲く山桜

常磐道トンネル出口の半円に咲く山桜たちまち近づく

常磐道疾駆伴走するがにも継《つ》ぎに継ぎけり咲く山桜

ちぎり絵（二十日）

昨日北茨城市が内部の山の辺の己が兄の田が内部にて己が姉夫婦と己が甥と共に己は畔塗《くろ》りをして

山桜咲き楢《なら》の芽等《ら》銀色に雑木の山に描くちぎり絵

鉾杉の鉾に囲まれ山桜火を噴きあぐるがにも咲く見ゆ

水面照る（二十三日）

今日昼に散歩の途中小川に沿へる道にて

水面照る小川にそへる小道ゆく人等見る見る少年少女

五月作

よしきりの声（十四日）

今日の午後一時半頃に久慈川の北側の堤が上にて

川岸に光はあふれ葦《あし》なかに鳴くよしきりのさへづりきこゆ

ぎぢぎぢと鳴くさへづりのきこゆれば己が物憂《う》さ消ゆる心地す

よしきりのさへづり聞けば富士山の詩を読む我が師の声のきこゆる

葦なかに鳴くよしきりの舌にさす光思《も》ひつつ朗読聞きし

久慈川の堤に立ちて縄跳びの花輪が中と外の富士山

日本の行く末思ひ流したる涙なりけり頬にはひかり

昭和三十五年四月、高校一年生の時に己が担任の内田覚保《さむほ》先生の朗読したる教科書が内部の草野心平氏作の『富士山』の題名を持つ散文詩は、昭林社の氏の詩集『富士山』が内部の作品第肆の題名を持つ散文詩にて、次の物は岩波文庫の『草野心平詩集』が内部に在り。

作品第肆

川面《づら》に春の光はまぶしく溢れ。そよ風が吹けば光りたちの鬼ごつこ葦の葉のささやき。行行子《よしきり》は鳴く。行行子の舌にも春のひかり。
土堤の下のうまごやしの原に。
自分の顔は両掌《て》のなかに。
ふりそそぐ春の光りに却つて物憂く。
眺めてゐた。

少女たちはうまごやしの花を摘んでは巧みな手さばきで花輪をつくる。それをなはにして縄跳びをする。花輪が円を描くとそのなかに富士がはひる。その度に富士は近づき。とほくに座る。

耳には行行子
頬にはひかり。

『草野心平詩集』が内部の解説が内部には次の物あり。

昭和十五年始め頃から富士山を主題にした連作にも挑戦し、昭和十八年に草野心平氏は詩集『富士山』を出版せり。

石神城跡（十八日）

今日午前十時頃に村内の細き道より息子と共に石神城跡に登りて

城跡に登りて見れば茅花《つばな》原茅花一斉に風になびくも

風になびく茅花等見れば旗かかげ進まむとする武士《もののふ》等みゆ

石神城は久慈川を望む丘陵に築かれたる中世の山城なり。佐竹氏の秋田移封により佐竹氏の重臣石神城主の小野崎氏も秋田へ同道したれば、廃城になれり。今も空堀等と土塁等の残れり。

ホバーリング（二十五日）

己等が家の裏庭が内部にて

花の香に蜂等は酔ふやオレンヂの枝先に蜂ホバーリングを

六月作

卯木の花（二日）

今朝散歩の途中畑の辺の道にて

境木《さかいひぎ》の卯木花咲く辺りには甘藷《いも》苗植うる父の如きが

鮠（五日）

今日の昼の時に散歩の途中小川に沿へる道にて

川水に溶くるが如く泳ぐ鮠ときにひるがへし身を光らすも

七月作

菱（三十日）

今朝散歩の途中の阿漕が浦といふ沼の辺の道にて

夜毎に沼の岸辺の水面より菱等みどりの布織り広ぐ

八月作

汝が歩み（七日）

今朝散歩の途中の道にて

汝が歩み遅し走れよ跳べといふ声きこゆれど歩みて行かむ

秋立つ日（八日）

今日は立秋。今朝己等が家の前の庭が内部にて

伽羅《きやら》の木の蜘蛛がテントに朝の露昨日の暑さ無かりし如く

半袖の袖口ゆ風入り来れば世に秋さりと心は言ふも

暑し暑しと秋立つ日をば待ちしかど涼しき風は老い思はしむ

問答の歌（二十三日）

今朝己等が家の内部の書斎が内部にて

何故に汝《なれ》は独りに行かむとすそは男とは風とおもへば

ならば問ふ女はそれは須佐之男《すさのを》を待ちてあひたる櫛名田《くしなだ》稲田

岩波書店の『古事記上巻』が内部には数多の建速須佐之男命《たけはやすさのをのみこと》がこと等のあり。

九月作

己等が娘に（一日）

今朝己等が家の内部の居間が内部にて己は或る男の子が人と交際をしつつありとこれを己等が娘の己が音声の詞等にて己が妻の彼女と我等に言へば

恋ふる人に恋はば目に見るものみなは目に親和するものにぞ見えむ

第七番（七日）

昨夜己等が家の内部の書斎が内部にてＣＤによるベートーベンの『交響曲第七番』を聞きて

絃の音に打楽の音を伴へるリズム迫り来第一楽章

葬送曲的なる曲の多ければこの人過去を殺し生きけむ

反復は記憶となれば幾たびもテーマ響《とよ》もす良き術《すべ》なるも

音楽の原形即ちバッカスの楽に達せり第四楽章

輪舞する巨大なる輪のみえ来ればそれの速度は増しに増すかも

十月作

真鯉等（三日）

今朝散歩の途中阿漕が浦といふ沼の辺の道にて

沼岸に菱は紅葉し菱の葉の下行く緋鯉下の真鯉等

コスモスの花（十五日）

今朝散歩の途中荒れ畑の辺の道にて

荒れ畑に咲くコスモス等風吹けば重さ無きがに皆ゆれにゆる

フィット（二十日）

今朝の散歩の途中の道にて

新しきシューズに足のフィットして朝行く心地言ひ得ざるかも

居眠りの（二十一日）

今日の昼に村立図書館が内部にて

居眠りの引き込むがにも覚えしは身の老いたると心答ふも

十一月作

鳶ふたつ（二十九日）

己が母の年齢の百三歳になる今日の昼の時に北茨城市が内部の己が故郷の関本が内部の己が甥の家の南東つ方の丘の上に建つ施設が前つ方の駐車場が内部にて

丘の上空の高きに鳶ふたつ舞ふ日なり今日母百三歳

十二月作

着水（十日）

今朝散歩の途中阿漕が浦といふ沼の辺の道にて

白鳥等翼を丸め脚伸ばし水面にしぶきあげつつ着水

日本の民謡（十三日）

沖縄の多幸山《たかうやま》とは三線のアップテンポに阿波踊りめく

小浜節《くもーぶし》〈大嵩《うふだき》に登《のぼ》てい押《う》し下《くだ》し見《み》りば〉これ国見歌万葉以前

〈すらよすら働かな〉とは汗水節《あしみじぶし》『な』は万葉語意志の終助詞

音声の邪馬台の国がことば等が中にこれの『な』ありけむと思ふ

〈御亭主《ごてんどん》がぐじゃっぺだるけん〉ぐじゃっぺはさながら関東方言と聞く

東国ゆ防人筑紫へ行きたれば東国方言根付きたりけり

単純な節《ふし》反復し阿波踊り節は無限に続くと聞こゆ

都より放下《はうげ》僧越《そうこし》に伝へたれコキリコ節はみやびに聞こゆ

木曽節の〈木曽の御嶽なんちゃらほい〉かぶせて唄ふ〈夏でも寒い〉

青森の十三《とさ》の砂山古き唄なれば〈もろこし船よな〉あるも

別れたる元の夫と再会し苦しむ元妻津軽三下り

座敷唄なれど舟唄磯節は寄せてはかへす波に乗るがに

先月の二十三日より今月の昨日までの数多の数の日等が各各が内部の昼の時に己等が家の内部の書斎が内部にてキングレコード社のCDによる《日本の民謡　全十巻》を聞きつ。
野ばら社の『民謡―ふるさと日本のうた―』が内部には次の『おてもやん』の題の固有の名称とこれが後の位置の二つの物等の在り。

おてもやん

おてもやん　あんたこの頃　嫁入りしたではないかいな
嫁入りしたこた　したばってん
御亭主《ごてどん》が菊石平《ぐじゃっぺ》だるけん　まだ杯ア　せんだった
村役　鳶役　きも入りどん　あん人達の居《お》らすけんで
後あはどうなと　きゃア成ろたい
川端町《まっ》つあん　きゃアめぐらい
春日南瓜《かすがぼうぶら》どん達あ　尻ひっ張って　花盛り　花盛り
ピーチク　パーチク　ひばりの子
ゲンパク茄子《なすび》の　イガイガどん

一つ山超えも一つ山超え　あの山超えて
私アあんたに　惚れとるばい
惚れとるばってん　云われんたい
追い追い彼岸も近まれば　若もん衆も寄らんすけん
熊本の夜聴聞詣りに　ゆるゆる話もきゃアしゅうたい
男振りにヤ惚れんばな　たばこ入りの銀金具が

それがそもそも　因縁たい
アカチャカベッチャカ　　チャカチャカチャ

　小学館の『日本方言大辞典』が内部によれば、七つの県等《ら》が各各《それぞれ》の内部に『ごじゃっぺ』または『ごじゃ』といふ方言は存在するとされてゐる。七つの県等が各各の名を茨城県より茨城県の西の方角への順に配列すれば、次のやうになる。

茨城県・栃木県・千葉県・兵庫県・岡山県・徳島県・香川県

　右の七つの県等が各各の『ごじゃ』の意味は〈訳の分からないこと〉または〈筋の通らないこと〉または〈むちゃ〉とされてゐる。『日本方言大辞典』が内部によれば、熊本県が内部には『ぐじゃっぺ』といふ方言は存在しないことになる。しかし熊本県が内部の『おてもやん』の民謡が内部には『ぐじゃっぺ』は存在する。だから熊本県が内部の『おてもやん』の民謡が内部の『ぐじゃっぺ』の意味は〈訳の分からないこと〉または〈筋の通らないこと〉になるとこれを認識する。

平成二十八年（二〇一六年）

一月作

鳥馬（二十八日）

今朝散歩の途中田の辺の道にて鳥馬（父等は鶫《つぐみ》を鳥馬と呼びたり）を見て

土塊《つちくれ》の動くと見れば白き眉鳥のみゆれば鳥馬なるかも

二月作

柏木枯れ葉（二十一日）

今日の日の午後の一時に己等が家の内部の居間が内部にて我等は己等が娘の女の子が人を己が嫁の女の子が人にと望む或る男の子が人と会ひ、それの時より少し後の時に散歩の途中他者が家の前庭が外部の道にて他者が庭が内部の土に立つ老いたる柏木を見て

北風に柏木枯れ葉音たてて吹かれつつ春迎へむとする

柏木は芽をいだすまで枯れ葉もて枝を守れば人はたふとぶ

枝守る枯れ葉を見つつ柏木の心に母の心しのばゆ

三月作

人工知能（十六日）

今朝己等が家の内部の居間が内部にて新聞が内部を読みて

働くを人工知能に奪はれて（任せて）くらす世やがて来むとぞ

働くをせず（奪はれて）任せつつあそびのみする世にてあらむか

四月作

scroll（二十六日）

今日の昼の時に村内の或るパソコンの店が内部にてパソコンとプリンターを買ひ換へ、店員に己がパソコンが内部のＯＳ（基本ソフト）が内部の内容の更新の依頼をして

scrollには巻物の意味あればいよよパソコンに親しみ覚えし

パソコンの画面を右にscrollしつつこの世はかく果てしなく

五月作

歳月は待つや（十二日）

今日昼の時に己が車にて数多の『書物』等を村立の塵焼却場へ運びて

歳月は待つや読む書を限れよと命ずる声に我従ひし

庭芝の上に曝《さら》せる書を古き我いましむるがに紐にて結《ゆ》ひし
老いて書を棄てむと我は思ひきや棄つればむしろ清々しもよ

曼荼羅のみどり
今日昼に己等が家の前庭が内部にて
をう五月庭木のみどり曼荼羅のみどりの如き綾《あや》をなすかも
昭和五十九年の六月に己が義父は己等が家の前庭が内部の木々の配置の設計をし給ひつ。

従心（十八日）
今日の午前十時の頃に村立の図書館前の駐車場が内部にて
ノート型パソコンケース袈裟に負ひ図書館に入る七十を超え
書を読みて歌を詠めども世の人に知らるるなくにと内に笑ひし

世の人に知られざるをば最上のfreedomとし愛しやまずも

従心となれば従ふべき声は内よりいづる声のみなるぞ

老いたれど可能性追ひパソコンをたのみ歌学を明らめむとす

六月作

ほととぎす（二十七日）

義父が月命日の今日の昼の時に村松山日高寺の駐車場が内部にて

村松に義父が命日参りして帰るさに背にきくほととぎす

七月作

夏草（十二日）

今日の夕べに己等が家の裏庭が内部にて草等を取りて

庭草を取れば夏草たちまちにしをるる時は人を待つかは

蓬（十五日）

今日昼に村内の道路工事の現場跡の辺の道にて

何といふやさしさぞこは丘削る傷赤土に蓬おひそむ

朝影（十八日）

今朝散歩の途中の道にて

今朝もまた朝影見つつ道歩む独りし行くを悲しむなゆめ

九月作

歌の機能（八日）

今朝散歩の途中の道にて

歌により嫌な思ひを払ひたれ歌の機能に厄払ひあり

十月作

娘の嫁ぎ先（九日）

今日の午後一時半に己等が娘の嫁ぎ先になる家に伺ひて

門に入れば右に浜木綿《はまゆう》花の見え左陽に照る石蕗《つはぶき》見えし

庭中に入れば蜜蜂飼ふ箱の見え入り口に数多の蜂見し

野紺菊（二十三日）

今朝散歩の途中の道にて己等が娘の挙式日（二十九日）は近くなりぬとこれを知りて

散歩中バージンロードステップをしつ野紺菊咲ける所に

十一月作

小菊（六日）

今朝己等が家の裏庭が内部にて

揃ひ咲く黄なる小菊等まろき眼をまばたきしつつ語りあふがに

銀杏の黄葉（九日）

今朝散歩の途中の道にて街路樹の一本の銀杏の木を見て

日の当たる銀杏の黄葉日陰なる銀杏の緑相和《あひわ》するかも

けやき紅葉（二十一日）

今日昼に己が車にて村内の道を走りて

交差点けやき紅葉を舞はせつつバックミラーに見て抜けにけり

十二月作

憂国と聴く（四日）

今月の二十七日の午前十時頃に居間が内部にて息子とEMIのCDによる《ママがうたってあげる童謡》が内部の野口雨情作『赤い靴』とこれが後の位置の『青い眼の人形』の童謡を幾度も聞き、今朝七時頃に書斎が内部にて

発表の時期より思《も》へば『赤い靴』と『青い眼の人形』一体なりけり

〈青い目に〉よりて思へばその時に先に雨情は『赤い靴』得つ

『青い眼の人形』みればそれが内部『赤い靴』後に韜晦《たうくわい》なりけり

『赤い靴』と『青い眼の人形』聞く人は最初に『赤い靴』を聞くべし

『赤い靴』の曲調は鬱『青い眼の人形』激しき躁にきこゆる

日本の国際的な孤立をば憂ふる声と〈迷子に〉を聴く

青い目の人と日本の人等皆睦み合へとぞ〈遊んで〉を聴く

『赤い靴』〈行つちやつた〉の感傷に包まれゐるは憂国と聴く

童謡にふさはぬ『異人』と『考へる』反復したるを憂国と聴く

未来社の『定本野口雨情第三巻　童謡I』が内部には次の二つの物等は、次の二つの物等の順序に、在り。童謡集『青い眼の人形』が内部の次の二つの物等の順序と同一なり。

赤い靴

赤い靴　はいてた
女の子
異人さんに　つれられて
行つちやつた
横浜の　埠頭《はとば》から
船に乗って
異人さんに　つれられて
行つちやつた
今では　青い目に
なつちやつて
異人さんのお国に
ゐるんだらう
赤い靴　見るたび
考へる
異人さんに逢ふたび
考へる

青い眼の人形

青い眼をした
お人形は
アメリカ生まれの
セルロイド
日本の港へ
ついたとき
一杯涙を
うかべてた
「わたしは言葉が
わからない
迷子になったら
なんとせう」
やさしい日本の
嬢ちゃんよ
仲よく遊んで
やつとくれ

『定本野口雨情第八巻』が内部の年譜には次の物等の在り。

大正十年（一九二一）十二月、「青い眼の人形」を『金の船』、「赤い靴」を『小学女生』に発表。
大正十三年（一九二四）六月、『青い眼の人形』を金の星社より出版。
大正十四年（一九二五）　四十四歳　七月、『童謡と童心芸術』を出版。

『定本野口雨情第八巻』が内部の『童謡と童心芸術』が内部の第五章には『赤い靴』の童謡につきての雨情の次の物在り。

内容の説明　この童謡は、小作「青い眼の人形」の謡と反対の気持ちをうたったものであります。
　この童謡の意味は云ふまでもなく、いつも靴をはいて元気よくあそんでゐたあの女の児は、異人さんにつれられて遠い外国へ行つてしまってから今年で数年になる。今では異人さんのやうにやっぱり青い眼になってしまったであらう。赤い靴見るたび、異人さんにつれられて横浜の波止場から船にのつて行つてしまったあの女の児が思ひ出されてならない。また異人さんを見るたびに、赤い靴はいて元気よくあそんでゐたあの女の児が今はどこにどうしてゐるかと考へられてならない。というふ気持ちをうたつたのであります。
　ここで注意を申し上げて置きますが、この童謡は表面から見ただけでは単に異人さんにつれられていつた子どもといふにすぎませんが、朱い靴とか、青い眼になってしまったらうとかいふことばのかげにはその女の児に対する惻隠の情がふくまれてゐることを見逭さぬやうにしていただきたいのであります。

右の物が内部の内容により雨情は韜晦してゐるとこれを己は知りき。

平凡社の『世界大百科事典32』が内部には次の物の在り。

ワシントン会議　一九二一年十一月十二日から翌二二年二月までワシントンで開かれた国際会議。海軍軍備制限問題および極東・太平洋問題を議し、いわゆるワシントン体制を設定して、第一次世界大戦後の極東における列強の勢力関係を画定する重要な歴史的意義をもった。—中略—。海軍軍備制限問題に関してはアメリカが主力艦総トン数の比率をアメリカ5・イギリス5・日本3の比率にすることを主張したのに対して、日本は10・10・7の比率を唱えたが、結局、5・5・3に定められ、日英同盟は廃止された。

母が命（十日）

母が命衰へぬると夕暮れの常磐道を帰り来にけり

悲しみを消さむと食し食器等の狼藉《らうぜき》見ればさらに悲しも

七日の日の午前十一時半に己等が家の内部より己は己等が家の外部に出で、己が車にて己は北茨城市民病院へ行き、午後一時よりそれが内部にて己が姉妹等と共に医師の己が百四歳の老い母を診察する時が介護をしつ。

スマホ（十四日）

今日の午後一時半に己が畏友鈴木胖氏と会ひ、飲みつつ語り合はむとこれを思ひ、午後十二時半に東海駅が内部にて電車に乗り、電車にて南中郷駅に向かひ、走る電車が内部にて

電車内人等会話をせずスマホすれば車内を沈黙は占む

平成二十九年（二〇一七年）

一月作

懈怠の心（二十二日）

今朝散歩の途中の道にて

老いて臥す母が命を思ふたび懈怠の心打ち据うるかも

二月作

猫柳（十一日）

今日の午後、小川の岸まで歩きて

手に持つは一枝のみの猫柳帰りゆく我来し我ならず

三月作

我が屋戸は（十七日）

今朝七時頃に己等が家の内部の書斎が内部にて

歌の為世の交じらひを広くせず古き書読みて道をし行かむ

障害児持てるが故に世に隠れ行く道なりと汝嘆かざれ

目標を持てば行く道遠くして細くならむはむべなることなり

歌の道はいよいよ細くなりぬれば道よくみつつこの道ゆかむ

我が屋戸は妻子《めこ》等と乗りてこれの世を行くイエローのサヴマリンなり

眠気（二十二日）

今日の午後の一時半頃に村立の図書館が内部にて

図書館に書を読みをれば眠気来て術《すべ》のなければ立ちつつを読む

老い人の恵みなるらし図書館が内部に読めば居眠り熟睡《うまい》

四月作

母に（九日）

三日午前三時五十七分に北茨城市民病院が内部にて母永眠。百四歳。

後半生長し堪えよと諭されて来しが如しとホームの日々を

病まずして長き老後を自然にも君枯るるがに逝き給ひたり

曾孫等も白菊の花手向くれば見る見る花に母は埋《うづ》もる

棺なる母は花等に埋もるれ顔に白菊添へて合掌

六日正午より北茨城市関南町の総合斎場白浜会館が内部にて告別式。午後一時半、白浜会館玄関前よりバスにて天台宗朝田山中山寺へ行き、中山寺の本堂が内部にて我等は初七日の法要を営めり。白浜会館の駐車場よりバスの出る直前に己が兄の常会の幼友達等が各各は己が横顔見せつつ撒《ま》き銭をせり。

斎場を出でむとすれば昔より伝ふる撒《ま》き銭白き花降る

出棺の際に遺族が参列者へ向けて半紙に包める小銭を撒く風習を我が故郷の人等は撒き銭と呼ぶ。大往生したる高齢者の葬儀にする風習にて人の撒き銭を拾ひて家に帰れば、人は長寿者にあやかりて長生きすることを得るとの言ひ伝へのあり。

五月作

源氏物語通読（二十一日）

母が命今日も弱りてゆくらむと思へどそを絶ち読みに読みけり

『桐壺』に亭子院みゆれ桐壺のモデル醍醐の帝なりけり

道ならぬ光が恋ひを縦《たて》にして光を語る大胆なるかも

道長の後ろ見あれば恋ひをする光を語り初《そ》むるを得けむ

《源氏》には《古今》を読むに不可欠なことの多しと知りにけるかも

母が命弱る悲しみ利用して《源氏》通読賜物《たまもの》なりけり

今年の二月二十一日より今年の三月三十一日までの四十日間に岩波書店の《源氏物語》が内部を通読しき。

農夫の子（二十七日）

今日の午後己等が家の前庭が内部にて草取りをして

毒や痛みに効《き》けばどくだみ清楚なる白き花見てどくだみ取りし

どくだみは取られて土の深きには根残す花は清楚なれども

農夫の子故にや庭の草取れば土に親和し心足らひし

六月作

推敲（十四日）

今朝散歩の途中の道にて

内に棲む詩人と批評家する対話ならむぞ歌を推敲するは

七月作

挨拶の歌（八日）

午前九時半頃に己が車にて己が兄は己等が家を訪ひて

君が家庭草みえず常日頃庭に草取る姿しのばゆ

来給ふとかの日の朝に受けしかば受話器のしつる業《わざ》にぞありけむ

八月作

自安我楽念仏踊り（十五日）

夕ぐれに白き浴衣等笛の音とゆるゆる門ゆそろひ入り来る

夕闇に白き浴衣の男等は打つ面を変へ羯鼓《かっこ》打ち打つ

羯鼓には白字南無阿弥陀仏見え時に桴《ばち》にて弧を描き打つ

遠き世の男《をとこ》踏歌《たふか》を継《つ》ぐならむそろへ土踏む白足袋見れば

藩政の術《すべ》の一つと農民に許したる娯楽にてもありけむ

新盆の庭に白足袋そろへ踏み浴衣の人等魂祭りする

己が母の新盆参りをせむと思ひ、昨日の朝己が車にて己は己が妻と共に己が兄の甥が家に行き、夕方六時半頃に北茨城市が内部の己が甥の家の前庭が内部にて数多の人等と共に己が妻と己は郷土芸能自安我楽念仏踊りを見つ。
北茨城市が内部の己が郷里は、近世に於ては、岩城棚倉藩領にてありつ。

白玉のmobil（二十六日）
今朝散歩の途中の道にて

白玉のmobil詩型なればこそ何処《いづこ》にあれど詠むことを得れ

老いぬればメモの紙片をポケットに心ゆ出づる歌を待つかも

九月作

鯖雲（十九日）

今日の昼の時に散歩の途中の道にて

自らの形変へ行く鯖雲等いまだ生きるに惑ひつつ見し

十月作

山に鳴く蟋蟀（九日）

今日の午後六時より日立市の鞍掛山が中の土が上に建つ葬祭場が内部にて行はれたる
或る男の子が人の通夜式に参列して

通夜の夜に法話を聞きて出でたれば山にしき鳴く蟋蟀の声

十一月作

朽ち葉色（五日）

いにしへの人等の用ゐたる数多の襲《かさね》の色目《いろめ》等が中には朽ち葉色といふ色のありつとこれを知れば

枯れ葉色よりも明るき朽ち葉色着て老い人等老いを生きけむ

生き方（六日）

午前十時頃に村立病院が内部の歯科の待合所が内部にて己が順番を待つ間に

これの世に生きて生き方定まれば生き方に歌従ふらしも

人の生も歌も羨むことなかれ汝が生き方を保ちつつ生きよ

生き方に従ひ生きて心より出でくる歌を待ちて詠むべし

庭木（二十一日）

今朝己等が家の前庭が内部にて

枝々を剪定されて庭木々等朝日を浴びてりりしく立つみゆ

十二月作

広辞苑（二日）

今朝書斎が内部にて

机の上広辞苑をば左へと移さむとすれ重くおぼゆる

後記

『暦歳集』の時と同様に、己は『万葉集巻十七』が内部にて家持の創始せる歌日記の形式即ち『万葉集巻十七』が内部に存在する歌日記の形式を用ゐ、己は『暦歳集二』が内部の三百七十首の歌等が各各《それぞれ》と数多の数の題名等が各各と数多の数の詞書等が各各と数多の数の左注等が各各を用ゐて己は『暦歳集二』が内部の『内容』を編集しつ。歌のみの時に歌は成立し難しとこれを己は知ればなり。

この度も砂子屋書房の田村雅之氏の御世話によってこの『歴歳集二』を刊行できることになった。田村氏とこの『歴歳集二』の装幀をして頂いた倉本修氏に厚く御礼申し上げます。

令和五年六月二日

酒井次男

酒井次男第八歌集　歴歳集二　茨城歌人叢書第二〇三篇

初版発行日　二〇二三年（令和五年）八月二六日

著　者――酒井次男
茨城県那珂郡東海村村松一一一一―五（〒三一九―一一一二）

発行者――田村雅之

発行所――砂子屋書房
東京都千代田区内神田三―四―七（〒一〇一―〇〇四七）
電話　〇三―三二五六―四七〇八　振替　〇〇一三〇―二―九七六三一
URL　http://www.sunagoya.com
組版――はあどわあく　印刷――長野印刷商工　製本――渋谷文泉閣